AF209249

Alfred Dobisch

Großer Lesesaal

Erzählung

Der Autor dankt
Aenne Glienke und Daniel Tharau
für Unterstützung und Rat.

Erstausgabe 2002
© Alfred Dobisch, Hamburg 1991

Herstellung: Books on Demand GmbH
ISBN 3-8311-3791-9

I

Man nähere sich der öffentlichen Bibliothek New Yorks über die östliche einundvierzigste Straße, schreibt Calder. Denn die einundvierzigste Straße würde in der Mitte Manhattans von dem Bibliotheksgebäude unterbrochen, und so würde man, ginge man die östliche einundvierzigste Straße hinauf, genau auf das an der fünften Avenue gelegene Hauptportal der Bibliothek zulaufen.

Man bewege sich, so Calder, vorzugsweise an einem der frischen, aber sonnigen New Yorker Frühlingsmorgen von der Ecke Park Avenue und einundvierzigste Straße langsam auf die Bibliothek zu. In einer einmaligen Konstellation des Klassischen mit dem Modernen würde der Besucher, die Morgensonne im Rücken, durch die Kluft der einundvierzigsten Straße auf das im freien Licht stehende Portal der Bibliothek zugehen und die Bibliothek wie einen Tempel sehen, der das strenge Raster der säkularen Stadt plötzlich aufbreche und überwinde. Wenn der Besucher die fünfte Avenue erreiche, würde der Blick auf das ganze, in weißem inzwischen perlgrau angelaufenem Marmor ausgeführte Gebäude freigegeben. So entstehe der Eindruck, daß es sich bei der Bibliothek um einen marmornen Meteoriten handele, der in den Hochhauswald der Mittelstadt Manhattans eingeschlagen sei und der jetzt wie ein naturgeschichtliches Monument auf der von ihm geschaffenen Lichtung des Steinwaldes ruhe.

Nachdem man den im Morgenlicht liegenden Bibliotheksbau aus der Ferne auf sich habe wirken lassen, überquere man die fünfte Avenue und steige über die Freitreppe auf die vor der Bibliothek gelegene Terrasse hoch. Nach einem Gang über die Terrasse erreiche man über eine zweite Treppe das dreigliedrige von Säulen eingefaßte Hauptportal. Durch die mittlere der drei schweren, reich ornamentierten Bronzetüren trete man sodann in die großartige Eingangshalle der Bibliothek.

In der nach dem deutschstämmigen Pelzhändler, Reeder und Gönner der Bibliothek Johann Jacob Astor benannten Astorhalle führten zwei prächtige Treppen in den ersten Stock hoch, dessen Hauptflur gleichzeitig den Balkon der Astorhalle bilde.

In der Astorhalle entfalte sich die Pracht des weißen, in Vermont gehauenen Marmors wie sonst nirgendwo in der Bibliothek. Insgesamt seien 530000 Kubikfuß des besten Marmors in der Bibliothek verbaut worden, und eine ganze Generation aus Italien, Deutschland und dem östlichen Europa emigrierter Bauleute und Kunsthandwerker habe unter der Leitung der zwei, an der Pariser Schule der Schönen Künste ausgebildeten Architekten Carrère und Hastings an der Bibliothek gearbeitet. Die hohe Qualität ihrer Arbeit lasse sich bis in die kleinsten Details der Eierstabborten, der Akanthusornamente, der Satyrmasken, besonders aber in der Beherrschung der Proportionen im ganzen Gebäude studieren, schreibt Calder.

Der Besucher solle in der ersten Etage kurz pausieren, um durch einen der Balkonbogen noch einmal einen Blick hinab in die Astorhalle zu werfen und dann seinen Weg in die oberste Etage fortsetzen, wo das Gebäude architektonisch und seiner Bestimmung gemäß im *großen Lesesaal* kulminiere.

Es sei die brillante Idee des mit der Gründung der Bibliothek beauftragten Militärmediziners, Bürgerkriegsveteranen und medizinischen Bibliographen Dr. John Shaw Billings gewesen, den großen Lesesaal in das oberste Stockwerk zu legen, wo die Leser von dem Straßenlärm abgeschirmt seien und wo das Sonnenlicht durch große Fenster ungehindert auf die Seiten der aufgeschlagenen Bücher falle. Im großen Lesesaal verschmelze die Architektur vollkommen mit ihrem pädagogischen Zweck, schreibt Calder.

Zunächst aber mündeten die beiden von der Astorhalle zum obersten Stockwerk hochführenden Treppen in einer mit Wand- und

Deckengemälden gestalteten Rotunda. Die erst kürzlich restaurierten Gemälde stellten Schreibermönche und mittelalterliche Buchkunst dar, seien aber bedauerlicherweise kitschig. Man trete deshalb stracks von der Rotunda in den Katalograum, wo für den Leser der Prozeß der bibliographischen Arbeit beginne und wo der Besucher architektonisch auf den großen Lesesaal eingestimmt werde.

Wie ein hölzernes Band umlaufe den Katalogsaal ein zweistöckiges, bis hinauf zu den Fenstern reichendes Eichenholzregal, das, seiner Form und Ornamentik nach, die klassischen Motive des Gebäudes wiederhole. Zwischen den Fensterbuchten sei es mit Pedimenten abgeschlossen, worüber dann Kalkstein sichtbar würde, der das Auge des Betrachters zur Ruhe kommen ließe, bevor es die Decke erreiche, wo ein bronzefarbener Stuck auf dunklem Hintergrund den Saal strukturell und gestalterisch abschließe. Durch den in dorischen Proportionen gestalteten Eichentorbogen und unter den hier in das Pediment eingeschnitzten Worten Miltons *A good book is the pretious lifeblood of a master spirit* trete der Besucher durch ein kleines Vestibül schließlich in den großen Lesesaal.

Der große Lesesaal, schreibt Calder, sei gewaltig; der Saal, so sollte Berman später zu ihm sagen, sei eine Bahnhofshalle der Worte, ein Rangierplatz für Gedanken.

Die Maße des Saals betrügen 297 Fuß in der Länge und 78 Fuß in der Breite. Die Höhe des Saals entspräche ungefähr der eines New Yorker Stadthauses, von denen man etwa zehn im Lesesaal unterbringen könne. Hier im großen Lesesaal herrsche eine akademische Geschäftigkeit, ein ununterbrochenes Büchersuchen und Bücheraufschlagen ein ständiges Notieren und Nachsinnen.

Vom Katalogsaal kommend, trete man zunächst in ein ganz in geschnitzter Eiche gehaltenes Vestibül, von wo aus der Besucher entweder in den südlichen oder in den nördlichen Teil des Lesesaals gelange. Der Lesesaal sei mit den gleichen, schon im Katalogsaal verwendeten, bis hoch zu den Fensterbuchten reichenden eichenen Regalen ausgestattet. Und das Vestibül sei ein Teil der aus den Regalwänden sich genau in der Mittelachse des Saals ableitenden, den Lesesaal in seiner ganzen Breite durchlaufenden Theke, an dem das Bibliothekspersonal die aus den direkt unter dem Lesesaal liegenden Magazinen beförderten Bücher an die Leser ausgebe und wieder zurücknehme. Der Saal selbst sei mit großen, von den Architekten eigens gestalteten Tischen und Stühlen ausgestattet, die in zwei durch einen Mittelgang getrennten Gruppen aufgestellt seien. Auf die massiven Tischplatten seien bronzene Leselampen mit grünlich vergilbten Schirmen geschraubt. In der Mitte hoch über den Tischen hingen bronzene Glühlampenkandelaber. Die Fülle des Lichtes allerdings, fiele durch die achtzehn längsseitigen, vierzehn Fuß und neun Inch breiten und siebzehn Fuß und sieben Inch hohen Fenster in den Lesesaal. Um die Dimensionen des Lesesaals zu erfassen, trete der Besucher in den südlichen Teil des Saals. Dort begebe er sich in den vom Saal noch einmal durch eine zweite Reihe bauchhoher

Regale optisch abgetrennten Regalgang, dem er einmal rings um den Lesesaal folge, nicht ohne auch den ein oder anderen Blick auf die hier verwahrten, aus mehreren Jahrhunderten stammenden Enzyklopädien und Wörterbücher zu werfen.

Habe man den Gang an der Westseite des Saals betreten, finde man dort im ersten Trennregal einsprachige und zweisprachige, allgemeine und spezielle Wörterbücher, während im Wandregal Bibelausgaben, Bibelregister und Kirchengeschichten untergebracht seien. Ihm sei unter den Wörterbüchern besonders das in mehreren antiquarischen Ausgaben vorhandene, einen immensen Regalplatz einnehmende Grimmsche Wörterbuch aufgefallen, und unter den kirchengeschichtlichen Werken sei ihm insbesondere Dr. Ludwig Pastors vierzigbändige *Geschichte der Päpste* und die dreibändige *History of the Inquisition of Spain* aufgefallen, so Calder. Während sich im Trennregal die Wörterbücher in alle europäischen und außereuropäischen Sprachen ausweiteten, würden sich im Wandregal die Psychologiebücher an die

Religionsbücher anschließen. Wie auch bei den Wörterbüchern und den Kirchenbüchern beeindrucke auch die im großen Lesesaal aufgestellte Sammlung von Psychologiehandbüchern durch ihre Vollständigkeit. Überall im großen Lesesaal könne der interessierte Besucher aus einer Vollständigkeit schöpfen, die nicht nur eine thematische, sondern auch eine historische Vollständigkeit sei. Auch in der sich an die psychologischen Regalsegmente anschließenden philosophischen Abteilung sei die Vollständigkeit der im großen Lesesaal vorhandenen Handbücher verblüffend. In den philosophischen Regalsegmenten könne man das Eislersche Kant-Lexikon finden, wie auch die sechsbändige italienische *Enciclopedia Filosofica*, und selbst eine Originalausgabe des Freudenstädtschen Schopenhauer-Lexikons von 1871 sei vorhanden.

Es sei hier im philosophischen Regalsegment des großen Lesesaals gewesen und innerhalb des philosophischen Regelsegments sei es genau vor dem deutschsprachigen *Historischen Wörterbuch der Philosophie* gewesen, wo er, Calder, einen Mann kennengelernt habe, der, wie er kurz darauf erfahren sollte, Berman hieß. Als er, gerade den sechsten Band des *Historischen Wörterbuchs der Philosophie* aus dem Regal ziehen wollte, schreibt Calder, habe dieser Berman plötzlich angefangen, auf ihn einzureden.

Die Autorenzahl des *Historischen Wörterbuchs der Philosophie*, so hätte Berman unvermittelt zu sprechen angefangen, sei zu Beginn des auf Jahrzehnte angelegten Editionsprojekts noch mit siebenhundert angegeben worden. Beim Erscheinen des sechsten Bandes aber sei die Zahl der Fachgelehrten schon mit über 1000 angegeben worden, und im siebten Band sei von über 1200 Fachgelehrten die Rede. Über die Jahre sei die Zahl der am Historischen Wörterbuch mitarbeitenden Fachgelehrten inflationär gestiegen, und die Zeit, die bis zum Erscheinen eines Fortsetzungsbandes verstreiche, würde immer länger, hätte Berman gesagt, schreibt Calder.

Die Zahl der Mitarbeiter würde von Band zu Band größer, so Berman, und die Zeit zwischen den Erscheinungsjahren würde immer länger. Er müsse fürchten, den letzten Band nicht mehr erleben zu können, was tragisch wäre, denn er habe seit über zwanzig Jahren, also genau seitdem der erste Band des *Historischen Wörterbuchs der Philosophie* erschienen sei, sein Leben dem Studium dieses Werks gewidmet. In diesem Buch, sagte Berman, würden die zukünftigen Generationen wie in einer Betriebsanleitung für die eigene Gedankenproduktion lesen, so wie auch er jetzt schon in dem Wörterbuch wie in einer Gebrauchsanleitung des menschlichen, also auch seines Denkapparates läse. Wenn ein zukünftiger Kopf einen Gedanken haben werde, werde dieser Gedanke notwendigerweise nur Wortantiquitäten und antike Untergedanken enthalten. Der zukünftige Kopf werde dann hingehen und seinen notwendigerweise antiken, weil mit Denkantiquitäten gefüllten Gedanken anhand des Historischen Wörterbuchs, auf seine Geschichte und auf seine Implikationen, seine natürlichen Feindschaften oder Affinitäten mit anderen Gedanken hin untersuchen. Nach der

Fertigstellung des Historischen Wörterbuchs werde das Denken ein Herauszitieren aus dem Wörterbuch sein. Das philosophisch Gedachte werde notwendigerweise ein unbewußtes Zitieren eines schon irgendwo im Historischen Wörterbuch niedergelegten Gedankens sein. Die Menge aller in Sprache denkbaren Gedanken sei heute bereits ausgeschöpft, und wenn das Historische Wörterbuch einmal fertiggestellt sei, sei das Denkmögliche, soweit es in Sprache denkmöglich sei, in diesem Werk für immer niedergelegt. Über die Jahre werde sich das Historische Wörterbuch zu einem Universalarchiv der in Sprache möglichen Philosophien und Philosopheme entwickeln. Man würde die vermeintlichen Neudenker, die ihr vermeintlich Neugedachtes in die nach Neugedachtem immer noch verlangenden Denkbetriebe riefen, an den Ohren und Nasen fassen und zum Historischen Wörterbuch schleppen, um ihnen dann zu beweisen, daß es sich bei ihrem Neugedachten nur um etwas schon Gedachtes handele. Die zukünftigen Generationen, als denkende Generationen betrachtet, seien schon jetzt des Epigonentums überführt. In denkerischer Hinsicht seien die zukünftigen Generationen schon erledigt. Das Denken sei an seine Grenzen gestoßen. Von den großen Lesesälen könnten wir die Denkgrenze wie von einem Wachturm aus überblicken; die großen Lesesäle der Bibliotheken, so Berman, seien die Wachtürme an den Denkgrenzen, von denen aus wir die Ausweglosigkeit des Denkgeländes überblickten. Die einzigen offenen Wege, die wir noch sähen, seien die Rückwege. Der Denkende irrte nach seiner Rückkehr von den Denkgrenzen zurück in die Denkmuseen. Und jeder Gang in ein solches führe unweigerlich zu einem Déjà-vu-Erlebnis, denn es handele sich bei den heutigen Denkmuseen bereits um vollständige Museen, und jeder Schritt in einem vollständigen Museum sei schließlich doch vergeblich, weil jeder Weg durch eine Vollständigkeit notwendigerweise immer wieder und in allen Richtungen an Grenzen führe. Man könne sich im Denkmuseum hinbegeben, wohin man wolle, und man könne sich hier im großen Lesesaal der New Yorker Hauptbibliothek hinsetzen, wohin man wolle, und man könne sich welches Buch auch immer aus den Buchmagazinen hier in den Lesesaal hochbestellen, man begebe sich dabei immer nur an verschiedene Stellen innerhalb einer Vollständigkeit und sei also über kurz oder lang dazu verurteilt, wieder dorthin zurückzugelangen, wo man schon einmal gewesen sei.

Berman hätte ihm darauf den Mo-O-Band, den er, Calder, soeben aus dem Regal gezogen hätte, aus den Händen genestelt, ja, eigentlich geradezu abgenötigt, und wäre dann mit dem Band in den Händen, unter fortwährender hektischer Bewegung des Mundes aus dem Regalgang hinaus, die Stufe hinunter, zurück in den Lesesaal geklettert. Er, Calder, sei wegen der Buchabnötigung verärgert und entschlossen gewesen, es zurückzuverlangen. Deshalb sei er Berman bis zum Lesetisch unterhalb des *Historischen Wörterbuchs der Philosophie* gefolgt, wo dieser ihn noch stehend nach dem Stichwort gefragt hätte, welches er, Calder, denn im Mo-O-Band des Historischen Wörterbuches hätte nachschlagen wollen. Er hätte daraufhin gestockt, denn er hätte eigentlich nichts Bestimmtes nachschlagen, sondern nur herumblättern wollen. Daraufhin hätte er sich ertappt gefühlt, denn er hätte weder einen wissenschaftlichen noch irgendeinen anderen Grund für die Benutzung des Historischen Wörterbuchs gehabt. Er hätte nur irgendein Buch anfassen wollen, um auch selbst einmal im großen Lesesaal irgendein Buch angefasst zu haben.

In Berman aber, schreibt Calder, hätte er in diesem Moment das Elend eines verfehlten Geisteslebens, einer nutzlos gebliebenen Bildung, einer jahrhundertealten Wortkauerei erkannt, und eigentlich hätte er diesen alten Mann sofort mit seiner Wörterbuchbildung allein lassen sollen. Aber es sei das Deutsche gewesen, schreibt Calder, welches ihn gehindert habe. Denn Berman habe ihn auf Deutsch angeredet. Die plötzliche Entdeckung der Sprachgemeinsamkeit im Ausland, schreibt Calder, mache ihn im ersten Moment immer perplex, und als Berman sich mit den Worten "Berman, Philosophendarsteller" vorstellte, habe er aus einem Höflichkeitsreflex heraus "Calder, Reisebuchautor" gesagt.

II

Er, schreibt Calder, sei noch mehrere Minuten
unentschlossen neben dem aus dem Mo-O-Band
vorlesenden Berman gestanden. Als aber dieser
sich an einen der Tische gesetzt habe, habe auch
er, Calder, sich gesetzt, worauf, der Bermansche
Monolog heftiger geworden sei. Berman habe nun
schräg vor dem Mo-O-Band des Historischen
Wörterbuchs gesessen und aus seiner gebeugten
Haltung sich immer wieder aufrichtend, einzelne
Sätze direkt gegen ihn, Calder, ausgestoßen. Nach
einem solchen gegen ihn ausgestoßenen Satz, sei
Berman immer wieder in sich zusammengesackt,
aber nur, um zum nächsten Satz auszuholen.
Während Berman unentwegt gesprochen habe,
habe er, Calder, unentwegt geschwiegen. Berman
sei in einen Monolog gefallen, und er sei in eine
Zuhörerstarre gefallen.

Die Lesesaalwärter seien an dem unentwegt
redenden Berman und ihm, dem unentwegt
Schweigenden, von Zeit zu Zeit vorbeigegangen,
20

und daraufhin hätte Berman immer wieder seine Stimme auf eine dem Lesesaal angemessene Lautstärke gesenkt. Ein Lesesaalwärter habe Berman im Vorbeigehen eine Hand auf die Schulter gelegt und gelächelt, worauf Berman seine alte, weiße Hand auf die ebenfalls alte, aber schwarze Hand legte. Als der Lesesaalwärter wieder außer Hörweite war, habe Berman gesagt, daß es sich bei dieser Geste um eine von den Lesesaalwärtern einstudierte Vertrauensgeste handele. Wie alle professionell angewendeten Vertrauensgesten sei diese Geste aber falsch und hinterhältig. Es sei eine als Vertrauensgeste getarnte Beherrschergeste, die dazu diene, die hier im großen Lesesaal herrschende Brutalität zu vertuschen. Es seien nämlich schon hier im Lesesaal Menschen niedergeschlagen und durch den Mittelgang aus dem Lesesaal abgeführt worden. Wenn ein eben noch unbemerkt unter den Lesenden weilender Leser plötzlich von den Lesesaalwärtern niedergeschlagen und hinausgeschleppt würde, würden alle mit Studien über sich und über die anderen Menschen beschäftigten Lesesaalbenutzer aus diesen ihren Studien aufgeschreckt. Das Studienwerk des ganzen Lesesaals könne von den Lesesaalwärtern in wenigen Sekunden zerstört werden. Ein Hieb mit dem Schlagstock reiche aus, so Berman, um alle im Lesesaal derzeit unternommenen Studien für den betreffenden Tag zu beenden. Aber nicht nur die von den New Yorkern als Lesesaalwärter engagierten Schläger, sondern auch die New Yorker selbst, würden ständig und mit allen Mitteln daran arbeiten, den großen Lesesaal in etwas anderes, dem Lesen Fremdes zu verwandeln.

Die New Yorker, so Berman, seien wie die von ihnen gedungenen Lesesaalwärter die Feinde des großen Lesesaals. Er sei im großen Lesesaal der New Yorker Hauptbibliothek ständig den Buchfeinden ausgesetzt, die, obwohl es sich bei diesem Saal um einen Lesesaal handele und obwohl dieser Saal nahezu leer sei, sich immer auf den Platz 236 setzten, der dem Platz 246, also dem seinigen, so Berman, gegenüber läge. *Dort, wo Sie jetzt sitzen, Calder, sitzen die Buchfeinde!* Und wozu, fragte Berman, schreibt Calder, nur, um sich zum

Beispiel über einem aufgeschlagenen Buch die Fingernägel abzuknipsen.

Er, Berman, hätte noch keine abgeknipsten Fingernagelränder im *Historischen Wörterbuch der Philosophie* entdeckt, aber wenn er jemals einen menschlichen Fingernagelrand im Historischen Wörterbuch finden sollte, wäre seine Lektüre des Historischen Wörterbuches sofort beendet; er könne ein Buch, in dem er einen Fingernagelrand gefunden hätte, nicht mehr lesen. Der Gedanke, ein Buch anzufassen, in das ein Buchfeind schon seine Fingernagelränder, ja sogar seine dreckigen Fingernagelränder, geknipst hätte, sei ihm unerträglich. Jetzt aber, so Berman plötzlich, hätte er beinahe die Zeit und seinen Lunch, den er vor Beginn seiner Philosophendarstellung unbedingt einnehmen müsse, um später nicht während der Aufführung vom Hunger abgelenkt zu werden, vergessen.

Er brächte immer Brote in den großen Lesesaal und er äße diese mitgebrachten Brote auch immer hier im großen Lesesaal, obwohl das verboten sei, so Berman, während er eine Butterbrottonne aus seinem Mantel zog. Die Butterbrottonne hatte einen Drahtbügel, und Berman nannte die Butterbrottonne einen Henkelmann, schreibt Calder. Früher hätte seine Frau ihm, so Berman, in ein Corned-Beef-Brot beißend, das Mittagessen in diesem Henkelmann zur Bibliothek getragen, wo sie es, bei gutem Wetter in dem hinter der Bibliothek gelegenen Byrant-Park, bei schlechtem Wetter aber in einem Coffee-Shop an der sechsten Avenue verzehrt hätten. Seine Frau, so Berman, sei die beste gewesen. Es hätte für ihn keine bessere Frau geben können, als eben jene, die er vor fünfzig Jahren im großen Lesesaal der New Yorker Hauptbibliothek getroffen habe, und die eine, aus dem in der Selbstzerfleischung befindlichen Europa geflüchtete Kommunistin gewesen sei. Doch während er aus Deutschland geflüchtet sei, wäre sie aus Polen gekommen, und sie hätten sich in der für beide unverdächtigen englischen Sprache kennengelernt. Er hätte ihr das Deutsche beibringen wollen, aber sie hätte sich geweigert, die Nazisprache zu lernen. Das Deutsche sei für sie eine Unterdrückersprache gewesen, und die Sprache seiner Unterdrücker zu lernen, so Berman, bedeute die totale, innere Kapitulation. Niemand könne seinen Sprachmechanismus auf die Sprache seiner Unterdrücker einstellen, ohne nicht auch damit sein Denken auf das Denken seiner Unterdrücker und also auf ein Unterdrückerdenken einzustellen. Indem man seinen Sprachmechanismus auf eine andere Sprache einstelle, verstelle man auch seinen Denkmechanismus. Der Denkmechanismus sei nämlich nichts anderes als der Sprachmechanismus. Der Denkmechanismus ist der Sprachmechanismus, sagte Berman. Aber er hätte auch nicht das Polnische lernen wollen. Er könne nicht eine Sprache nur zum alltäglichen Gebrauch lernen, weil nämlich jede Änderung seines Sprachmechanismus unweigerlich auch seinen Denkmechanismus neu kalibriere. Er aber habe an der gewissenhaften Kalibrierung seines Denkmechanismus schon seit Jahrzehnten gearbeitet, um sein Gehirn, das bermansche Gehirn, in einen präzisen und unbedingten Denkmechanismus zu verwandeln. Weil aber der Denkmechanismus ein Sprachmechanismus sei, hätte das Polnischlernen seine damals schon Jahrzehnte währenden Anstrengungen unweigerlich behindert und vielleicht zunichte gemacht. Deshalb lebten sie als Paar, so Berman schmatzend, im Englischen. Das Englische wäre ihnen durch frühe schulische Abrichtung geläufig, was aber wichtiger gewesen wäre, es wäre ihnen beiden weder durch Herrschaftsüberlegungen noch durch Denküberlegungen verboten gewesen. Ihr sei das Englische eine Freiheitssprache gewesen, und ihm sei das Englische eine für die Justierung seines Sprachmechanismus und also seines Denkmechanismus willkommene Übung gewesen. Und so hätten sie sich, sagte Berman, als sie sich im großen Lesesaal auf der Höhe der Diktionäre kennengelernt hätten, nach einer kurzen Abschweifung ins Französische mit Hilfe des Englischen verständigt. Sie hätten das Englische aber gar nicht oft benutzt, denn in einer solchen Beziehung wie der ihrigen hätte schon bald nichts mehr ausgesprochen werden müssen. Es sei schließlich gänzlich ohne Aussprache gegangen, und sie hätten bald schon, nachdem sie eine der hier üblichen Schnellheiraten vollzogen hätten, eine fast lautlose Beziehung geführt. Sie hätten sich aufgrund einer zuerst rätselhaften und sogar bedrohlichen Übereinstimmung ihrer Wesen und Gewohnheiten, einer sich von Tag zu Tag mehr entlarvenden lautlosen Ergänzung ihrer Existenzen bald nichts mehr sagen müssen. Dabei sei auch sie genauso wie er ein überaus sprachlicher, der Instandhaltung und Verbesserung ihres Sprachmechanismus absolut verpflichteter Mensch gewesen. So wie er täglich mit der Verbesserung seiner Sprache und also mit der Verbesserung seines Denkens befaßt gewesen wäre, so sei sie täglich mit dem Erlernen, dem Lehren und dem Übersetzen von Sprachen beschäftigt gewesen. Sie hätte die verschiedensten Sprachen gesprochen, sich aber kategorisch dem Erlernen des Deutschen widersetzt, während er, so Berman, sämtliche Denksysteme lernte und ineinander überführte, sich aber dem Polnischen hätte verweigern müssen, weil es sich beim Polnischen in denkerischer Hinsicht nur um eine Nebensprache handele. Und somit, weil seiner Frau das Deutsche verboten gewesen wäre, verboten gewesen sein mußte, und ihm das Polnische verboten sei, war ihre Beziehung eine fast sprachlose, sich immer mehr entsprachlichende Beziehung gewesen. Und durch diese Stille und durch diese Unbewußtheit hätten sie einander den Sprachfrieden und den Denkfrieden geschenkt.

Miteinander hätten sie in einem Sprachfrieden und in einem Denkfrieden gelebt. Er hätte an den Mittagen neben ihr auf einer Bank im Byrantpark oder an einem Tisch im Coffee-Shop gesessen, wortlos, und sie hätte neben ihm auf der Bank oder am Tisch gesessen, ebenso wortlos. Ihr Gebrauch des Englischen hätte sich auf die wirtschaftlichen und hauswirtschaftlichen Angelegenheiten beschränkt. Sie hätten auf Englisch nur Wäschelisten und Einkaufszettel verfaßt und sich schon bald mittels des Englischen nur noch über Wäschelisten und Einkaufszettel unterhalten. Das Englische wäre ihnen eine Verkehrs- und Geschäftssprache gewesen, sie hätten sich niemals ihre Gefühle auf Englisch gesagt, denn seine Gefühle ließen sich nicht ins Englische übersetzen, und ihre Gefühle hätten sich gleichfalls nicht ins Englische übersetzen lassen, weshalb sie zur

Übermittelung ihrer Gefühle und höheren Ansichten anderer Mittel bedurft hätten und auch diese Mittel erfunden hätten. So hätten sie zur Übermittelung ihrer Gefühle und höheren Ansichten auf einem alten Klavier, das der einzige Luxus ihres Zusammenlebens gewesen wäre, vierhändig gespielt. Ihr Klavier sei ein verstimmtes Klavier gewesen, dem das hohe D fehlte, aber sie hätten sich weder einen Klavierstimmer noch ein neues hohes D leisten können, und anstatt sich den Kauf und den Einbau eines neuen hohen Ds vom Munde abzusparen, hätte seine Frau das fehlende hohe D gesungen. Wäre in den von ihnen aus der Musikabteilung des öffentlichen New Yorker Bibliothekswesens ausgeliehenen Klavierauszügen ein hohes D gestanden, hätte seine Frau dieses hohe D nicht angeschlagen, sondern dieses hohe D gesungen. Ihr persönlicher Austausch hätte über jenes Klavier und über die von den großen Komponisten der vergangenen Geistesepoche komponierten vierhändigen Klavierwerke stattgefunden. Insbesondere mit Hilfe der von Schubert einst für seine Klavierschülerinnen, die Töchter Esterhazy, komponierten Klavierduos hätten sie sich ihre Gefühle mitgeteilt, und es sei in ihrem gemeinsamen Leben sogar zwei- oder dreimal zu einer gemeinsamen Aufführung der Schubertschen F-Moll-Phantasie gekommen.

Er müsse heute weder neue Gefühlsbindungen eingehen noch eine Aufnahme der F-Moll-Phantasie hören, um sein Leben mit Gefühlen zu füllen. Er sei vielmehr dazu imstande, jede Note ihres Spiels und jede in die Schubertschen Kompositionen, die ihnen immer die liebsten gewesen seien, hineingespielte Regung zu erinnern und erneut so darauf zu antworten, wie er einstmals darauf geantwortet hätte. Es reiche aus, wenn ein solcher Austausch einmal im Leben gelänge, der Rest sei eine Frage der Vorstellungskraft, also der Gehirnkraft. Ohne jenes Klavier und ohne jene Voraussicht der großen Komponisten hätte es zwischen seiner Frau und ihm keine das Alltägliche überwindende Verbindung geben können. Auch wäre ihre Beziehung niemals möglich gewesen, wenn er Polnisch oder sie Deutsch gesprochen hätte, denn nur in der sprachlichen Abschirmung ihres Denkens und Fühlens sei ihnen die gegenseitige Nähe möglich gewesen. Die Distanzlosigkeit zweier sich in ihrer Muttersprache austauschender Gehirne erfordere eine Robustheit, die sie beide nicht gehabt hätten, sagte Berman, schreibt Calder.

Die in alle Richtungen hin und her funktionierende, das europäische Babel mit Ausnahme des Deutschen umfassende Vielsprachigkeit seiner Frau hätte sie beide nur mit dem Notdürftigsten versorgt, und er selbst hätte sich deshalb in den hiesigen Universitätsdienst einschmeicheln, ja, so Berman, geradezu hineinbetteln müssen. Schließlich sei er, als überlebendes Exponat des sich in der Selbstzerstörung befindlichen europäischen Geistes, angestellt worden, halbjährlich und mit einem symbolischen, aber nicht ernährenden Gehalt. Im ersten Semester habe er über Pascal gelesen, den einsamsten aller einsamen Denkexperimentatoren; in einem weiteren Semester dann über Leibniz, den einsamsten aller einsamen Optimisten. Er habe über das Leibnizsche Theodizeeproblem gelesen, und die Studenten hätten sich seine, die Bermansche

31

Theodizeeinterpretation notiert. Er habe gesagt: *Das menschliche Leiden sei nicht begründbar*, und die Studenten hätten *Das menschliche Leiden sei nicht begründbar* in ihre Notizblöcke geschrieben, ganz so, als ob er, Berman, die Zahl Pi bis zur fünfzigsten Stelle durchbuchstabiert hätte. Die Studenten hätten sich bei ihm die metaphysische Wetterlage notieren wollen, und damit hätten sie sein Gelehrtenleben unerträglich gemacht, denn wie solle er, Berman, zu Menschen sprechen, die sich Sätze wie *Das menschliche Leiden sei nicht begründbar* notieren müßten, um sie nicht zu vergessen? Auch hätten die Studenten während seiner Lesungen, die jedoch eigentlich nicht Lesungen, sondern öffentliche Gedankenexhibitionen waren, Gum gekaut und Gum unter die Tische geklebt. Er, Berman, hätte sich ein Leben in Gegenwart der unbeantworteten Leidensfrage vorstellen können, ja, er habe tatsächlich immer schon in der Gegenwart der unbeantworteten Leidensfrage gelebt, er hätte aber das Leben in Gegenwart von Menschen nicht ertragen, die Gum kauten und die Leidensfrage immer wieder vergäßen und sich, zur Erinnerung an das Leiden, die Leidensfrage immer wieder notieren müßten. Er könne mit metaphysisch Vergeßlichen nicht zusammenleben, aber er habe dennoch mit metaphysisch Vergeßlichen zusammenleben müssen, und er hätte an jedem Semesterende ein Metaphysikexamen für die das Metaphysische immer wieder Vergessenden vorzubereiten gehabt.

Nach dem Krieg sei er dann plötzlich unter einem seine Metaphysikexamen betreffenden anti-metaphysischen Vorwand aus dem Universitätsdienst entlassen worden. Die Universitätsbehörden hätten die das Metaphysische immer wieder vergessenden Studenten in Schutz genommen und ihn, den an das Metaphysische immer wieder Erinnernden, von der Universität hinab in die öffentlichen Bibliotheken gestoßen. Er sei von den Universitätsbehörden vom Universitätslehrstuhl in die Privatgelehrtheit zurückgestürzt worden. Die Universitätsbehörden hätten ihn in den Lesegulag der New Yorker Hauptbibliothek zurückgestoßen, sagte Berman, schreibt Calder.

Seitdem würden alle glauben, sagte Berman, daß er hier im großen Lesesaal der New Yorker Bibliothek einer bloßen Philatelie nachhinge. Denn einer, der von seinem Lehrstuhl hinabgestürzt worden sei, werde nicht mehr angehört, und ein Gestürzter werde auch nicht mehr ernst genommen. Und als ob diese Stadt seine Vernichtung für eben jenes Jahr geplant hätte, hätte sie in jenem Jahr ihm auch noch die Frau weggenommen.

Berman schloß den Henkelmann und klopfte sich die Brotkrumen von den Kleidern, schreibt Calder. Seine Frau sei an einer Lungenentzündung gestorben, sagte Berman, und deshalb sei sie eigentlich von der New Yorker Armut, der grausamen New Yorker Winterkälte und schließlich von der Ignoranz der New Yorker Behörden umgebracht worden. Und in ihm sei mit dem Tode seiner Frau auch sein Buch, das er hätte schreiben wollen und das er hätte schreiben können, gestorben, denn nur in dem mit seiner Frau geteilten Sprachfrieden und in dem mit seiner Frau geteilten Denkfrieden hätte er sich immer wieder von seinen Denkkrämpfen erholen können. Die

Stille zwischen ihnen sei das Ruhebett seines an den Büchern der Menschheit überanstrengten Gehirns gewesen, und seit ihrem Tode hätte er niemals wieder die Denkstille in seinem Gehirn herstellen können. Wäre das Bermansche Leben schon vor dem Tode seiner Frau ein unnachgiebiges, keine Kompromisse duldendes Denkerleben gewesen, so sei das Bermanleben nach dem Tode seiner Frau ein denkerischer Exzeß geworden. Hätte es im Bermanleben davor noch das Bermansche Gehirn erlabende Denkpausen gegeben, so gäbe es nach dem Tode seiner Frau überhaupt keine Pausen mehr. Selbst wenn er schliefe, sei das kein Denkschlaf, denn nur seine Glieder würden schlafen, der Sprachmechanismus aber würde in seinem Kopf nach den mechanischen Gesetzen der Wortbedeutungen fortarbeiten. Seitdem sie tot sei, hätte sich sein Denkmechanismus in ein ewiges Wortuhrwerk verwandelt, sagte Berman, schreibt Calder.

Von der unausgesetzten Tätigkeit seines pervertierten Präzisionsgehirns getrieben, so Berman, habe er in den Tagen, Wochen und Jahren, die dem Tod seiner Frau folgten, einen Bibliotheksekel entwickelt, den er aber, um sein pervertiertes Sprachorgan befriedigen zu können, jeden Tag immer und immer wieder überwinden müsse. Er werde von seinem parasitären Gehirn in die Monumentalarchitektur der New Yorker Hauptbibliothek hinein und seine rheumatischen Beine würden von seinem Denktumor die steilen Lesesaalaufgänge hinaufgezwungen. Seit der nun Jahre und Jahrzehnte zurückliegenden ersten Hineinnötigung in die New Yorker Hauptbibliothek habe er den großen Lesesaal täglich, außer an Sonn- und Feiertagen, wenn geschlossen sei, betreten.

Fragen Sie mich nicht, sagte Berman, *was ich an den Sonn- und Feiertagen mache, denn ich weiß es nicht. Ich kann Ihnen gar nichts über meine Existenz an den Sonn- und Feiertagen erzählen, weil ich gar nicht weiß, ob ich an Sonn- und Feiertagen überhaupt existiere!*

Seine Existenz beginne mit dem Betreten der Bibliothek. Und seine Existenz ende, wenn er am späten Abend von den Lesesaalwärtern aus der Bibliothek gescheucht würde. Am Morgen beträte er die Bibliothek immer über das zur fünften Avenue gelegene, seine Knie schikanierende Hauptportal, das ihn an alteuropäische Regierungssitze erinnere, wie ihn überhaupt die ganze Bibliothek und die hier verbauten Marmormassen und klassischen Bauklötzchen an die alteuropäischen und besonders an die überall in Deutschland, im Vorkriegsdeutschland herumstehenden, jetzt aber hoffentlich zerbombten Einschüchterungsgymnasien gemahne.

Auf seinem täglichen Weg in den großen Lesesaal, der sein täglicher Leidensweg sei, so Berman, durchquere er die Marmorödnis der unteren Stockwerke, und nach dem täglichen, ihn täglich bis an den Rand der physischen Katastrophe bringenden Aufstieg zum großen Lesesaal rette er sich, so Berman, in den Katalogsaal wie ins Gehölz, wo er, auf einem der Bibliotheksstühle sitzend, seinen Körper, den Gehirnträger, durch tiefes Einatmen der Holzluft und der Buchluft wiederzubeleben versuche.

Erst wenn er seinen Körper zwischen den Karteikästen und Katalogen an der trockenen Karteikästenluft und Foliantenluft wieder erfrischt habe, schaffte er die letzten Meter bis in den Lesesaal.

Die letzten Meter seien die schwierigsten, denn sie führten ihn, Berman, sowohl unter einem in den Türbogen geschnitzten unsäglichen Miltonzitat hindurch, als auch an den für Taschenkontrollen am Lesesaaleingang postierten Lesesaalschergen vorbei. Damit sein Gehirn von dem Türbalkenkitsch nicht schon am Morgen verwirrt würde, müsse er den Lesesaaleingang mit geschlossenen Augen passieren, um gleich darauf dem im Vestibül wartenden Taschenkontrolleur das freundlichste Gesicht zu zeigen. Denn die sich in den Wärteruniformen versteckenden, brutalen Menschen seien die Herren im Lesesaal, und jeder, der in den großen Lesesaal komme, müsse sich bei ihnen einschmeicheln. Alle Lesesaalwärter würden ihn kennen, und er kenne jeden einzelnen Lesesaalwärter, nicht nur dem Gesichte nach, sondern auch ihrer Verbrechen nach. Er könne die von jedem Lesesaalwärter begangenen Lesermißhand-

38

lungen aufzählen, und alle Lesesaalwärter würden das wissen und deshalb nach einem Vorwand suchen, ihn, den Zeugen all ihrer Verbrechen, endgültig aus dem Lesesaal zu entfernen. Und deshalb, so Berman plötzlich, sei es jetzt höchste Zeit, mit der Arbeit zu beginnen.

Nach diesen Worten hätte Berman seinen Handstock vom Tisch genommen, ihn zwischen seinen Füßen auf den Boden gesetzt und sich mit beiden Händen auf den Knauf abstützend, vom Stuhl hochgedrückt. Er werde jetzt mit seiner täglichen Philosophenrolle beginnen; denn es sei jetzt zwölf Uhr und sein Geheimvertrag verpflichte ihn, spätestens um zwölf Uhr mit der Philosophendarbietung zu beginnen. Und die Lesesaalwärter, die in Wahrheit seine Gefängniswärter seien, würden nur darauf warten, daß er seinen Verpflichtungen nicht nachkäme, damit sie ihn, Berman, aus dem Lesesaal werfen könnten. Berman wäre dann langsam, seinen Handstock wie ein drittes Bein nutzend, den seitlichen, an den Wörterbüchern vorbeiführenden Gang auf die Buchausgabe zugegangen, schreibt Calder.

III

Berman sei nach einer halben Stunde zurückgekehrt. Er, Calder, hätte diesen dabei beobachtet, wie er mit einer Anzahl Bücher und unsäglich langsam, sich am Trennregal abstützend, den Gang hinaufgekommen wäre.

Er hätte erwogen, noch vor Bermans Ankunft aufzustehen und den Lesesaal zu verlassen, aber eine Neugierde betreffend der Bücher, die dieser aus dem Magazin heraufbestellt haben mochte, hätte ihn bewogen, dessen Rückkehr noch abzuwarten.

Sich mit einem Schwung von dem bauchhohen Trennregal abstoßend, sei Berman an den Platz 246 zurückgelangt, wo er sich mit einer Sturz-bewegung auf den Stuhl fallen ließ und gleichzeitig Handstock und Bücher auf den Tisch kippte. Ohne Atem zu schöpfen, hätte er sofort begonnen, die unter Beschädigung ihrer Einbände auf den Tisch gekippten Bücher vor sich aufzustapeln. Dann hätte Berman geschnaubt und sich den Kragen seines falsch zugeknöpften Hemdes gelöst, wonach er dann erneut aufgestanden und keuchend in den Regalgang geklettert sei, um sich an den Regalbrettern bis zum *Historischen Wörterbuch der Philosophie* vorzuhangeln. Dort hätte er einen Band des Historischen Wörterbuchs nach dem anderen auf seinen angewinkelten rechten Arm gelegt. Auf dem Rückweg sei Berman dann erneut in jener die Bücher beschädigenden Weise verfahren, indem er sich von dem Trennregal abstieß und an den Platz 246 zurückkatapultierte, um dort mit dem letzten Bewegungsimpuls die Bücher über den Tisch zu kippen und sich gleichzeitig auf den Stuhl fallen zu lassen. Der von Berman zuvor aufgestapelte Bücherturm sei dabei, von den Bänden des *Historischen Wörterbuchs der Philosophie* erschüttert, zusammengestürzt und nun als chaotischer Bücherhaufen vor Berman auf dem Tisch gelegen.

Der Weg in den großen Lesesaal, schnaufte Berman, während er sich mit einem nicht ganz frischen Taschentuch die Stirn wischte, und der tägliche Transport der Ausleihen und der tägliche Transport des *Historischen Wörterbuchs der Philosophie* sei für ihn von Jahr zu Jahr und in den letzten Jahren sogar von Monat zu Monat beschwerlicher und auch immer gefährlicher geworden. Aber er habe keine andere Wahl, als immer wieder in den großen Lesesaal zu gehen und sich auf der Höhe der philosophischen Handbücher niederzulassen, um an dieser Position im großen Lesesaal, an der Bermanschen Universumsposition seine tägliche Arbeit zu tun. Was diese seine tägliche Arbeit anbelange, sagte Berman, das Taschentuch wieder zurückstopfend, könne er ihm nur soviel sagen, daß es sich bei der New Yorker Hauptbibliothek in Wahrheit gar nicht um eine Bibliothek handele, sondern um ein Bibliotheksmuseum. Die New Yorker Hauptbibliothek sei überhaupt keine Bibliothek, sondern eine das Bibliothekswesen ausstellende Museumseinrichtung, und die in den großen Lesesaal strömenden Menschen würden nur so tun, als ob sie in einen Lesesaal strömten, tatsächlich aber kämen sie, um ihn, Berman anzugaffen. Er, Berman, sei das hier im großen Ausstellungssaal des New Yorker Bibliotheksmuseums zu besichtigende und mit der Darstellung historischer Denkposen beauftragte Philosophenexponat. Wenn Sie auf die andere Seite des Mittelgangs hinübergingen, würden Sie dort die verschiedensten Dichterpantomimen und Philologenimitatoren finden, die genauso wie er, von der Bibliothek engagiert worden seien, damit die aus der Stadt in die Bibliothek strömenden Touristen etwas zu begaffen hätten. Und damit die Touristen auch etwas zu kaufen hätten, so Berman, wäre im ersten Stock ein Bibliotheksshop eingerichtet worden. Im Bibliotheksshop, so Berman, könnten die Touristen und auch Sie, Calder, Gipsfiguren der hier im großen Lesesaal nachgestellten historischen Lesepositionen finden, die von den Touristen und auch von Ihnen, Calder, so Berman, nach ihrer Heimkehr als Buchstützen verwendet werden könnten, falls die Touristen in ihren Heimen überhaupt noch Bücher hätten, aber auch Bücherattrappen könnten die Touristen im Bibliotheksshop kaufen. Unter den im Bibliotheksshop erhältlichen Buchstützen befände sich natürlich auch eine Philosophenbuchstütze, und diese Philosophenbuchstütze, so Berman, stelle nicht etwa den Rodinschen Denker dar, wie das alle Touristen und Denklaien vermuteten, sondern seine, die Bermansche Denkpositur. Und wenn er, Calder, noch etwas Geduld habe, würde er auch bald eine Videoaufzeichnung der Bermanschen, hier im großen Ausstellungssaal des New Yorker Bibliotheksmuseums täglich aufgeführten Philosophenpantomime im Bibliotheksshop kaufen können. Was aber im Bibliotheksshop noch nicht erhältlich sei, so Berman, und was niemals im Bibliotheksshop erhältlich sein werde, wonach aber, so Berman, jeder Lesesaaltourist, jeder Bibliotheksshopmanager und vermutlich auch Sie, Calder, ja, so Berman, ganz gewiß auch Sie, Calder, gieren würden, sagte Berman, sei das Duplikat seines, des Bermanschen Gehirns.

Der Bermansche Gehirnmechanismus, sagte Berman, sich an die Stirn fassend, sei ein durch die Philosophien aller Denkersprachen fein kalibrierter Mechanismus, der jedes Argument, das von einem Menschenhirn gedacht werden könne, nachstellen, also nach-denken könne. Es handele sich bei seinem Gehirn um das erste vollständige Philosophengehirn der Menschheit. So weit wie er, Berman, es in der Schulung seines Gehirns gebracht hätte, hätte es noch niemand in der Gehirnschulung gebracht, und deshalb müsse er, Berman, als der größte Gehirnerzieher der Menschheit bezeichnet werden. Während der letzten Jahrzehnte seiner hier im großen Lesesaal vorgenommenen Gehirnjustierungsarbeiten hätte er nur noch das *Historische Wörterbuch der Philosophie* lesen können, denn jeder ihm zu Augen oder zu Ohren kommende verworrene Satz, wie sie die Straßen und die gewöhnlichen Bücher verseuchten, würde seinen Gehirnmechanismus, gleich als ob man mit dem Hammer auf eine Feinwaage schlüge, zerbiegen und unbrauchbar machen. Er habe sich aus eben diesem Grunde schon seit Jahren das Gespräch mit anderen Menschen und die Lektüre anderer Bücher versagen müssen, denn die von anderen Menschen unachtsam ausgestoßenen Sätze und die in den anderen Büchern unachtsam gedruckten Satzphysiognomien würden seinen Sprachmechanismus sofort deformieren und für mindestens eine Woche unbrauchbar machen.

Durch die andauernde Lektüre des *Historischen Wörterbuchs der Philosophie*, habe sich sein Gehirn, das Bermansche Gehirn, so Berman, in ein Gehirnduplikat des *Historischen Wörterbuchs der Philosophie* verwandelt. Sein Gehirn heute sei ein in Gehirnmasse gedrucktes *Historisches Wörterbuch der Philosophie*. Und genauso wie das *Historische Wörterbuch der Philosophie* selbst vollständig und endgültig sei, sei sein Gehirn auch vollständig und endgültig. Und ebenso wie jemand, der im *Historischen Wörterbuch der Philosophie* herumlese, niemals wieder aus dem *Historischen Wörterbuch der Philosophie* herausfände, weil das *Historische Wörterbuch der Philosophie* ein vollständiges und endgültiges Wörterbuch sei, würde auch er, Berman, der mit dem Bermanschen Gehirn herumdächte, niemals mehr aus diesem Denken, dem Bermanschen Denken, herausfinden können, denn seine vollständige und endgültige Gehirnabbildung des *Historischen Wörterbuch der Philosophie* sei ebenso vollständig und endgültig wie das *Historische Wörterbuch der Philosophie* selbst. Und wer das nicht glauben wolle, solle nur einmal mit seinem, dem Bermanschen Gehirn herumdenken; das

Bermansche Gehirn sei genauso wie das *Historische Wörterbuch der Philosophie* ein Labyrinth, sagte Berman. Das eine sei ein Labyrinth, so Berman, und das andere sei auch ein Labyrinth. Das eine sei ein Buchlabyrinth, und das andere sei ein Gehirnlabyrinth. Aus dem einen käme man nicht heraus und aus dem anderen auch nicht. Das Lesen in dem *Historischen Wörterbuch der Philosophie* sei wie das Herumgehen in einem Labyrinth, das sich alsbald zu einem Herumirren steigere, wie auch das Denken mit seinem Gehirn einer Labyrinthwanderung gleiche, die immer in einer Verwirrung ende. Immer würde aus dem Herum-gehen schließlich ein Herumirren, und immer würde aus dem präzisen Denken schließlich ein irres, sich in die äußersten Winkel und in die innersten Kammern verlaufendes irres Denken. Genauso wie ein Schritt in einem schon seit Jahren und Jahrzehnten durchschrittenen Höhlenlabyrinth in die immer schon beschrittenen und als Sack-gasse entlarvten Gänge führe, führe jeder Satz des *Historischen Wörterbuchs der Philosophie* und jeder Gedanke seines Gehirns in die immer schon seit Jahrhunderten gedachten und als Sackgasse entlarvten Sätze und Gedanken. Er habe sein ganzes Leben damit verbracht, die einzelnen Gänge des philosophischen Gesamtlabyrinths zu durchforschen, um endlich die Mitte und schließlich den Ausgang zu finden. Gefunden habe er aber nur Labyrinthe, und das Labyrinth eines Philosophen habe sich immer wieder als Teil des philosophischen Gesamtlabyrinths erwiesen. Nirgendwo aber sei aus einem Unterlabyrinth noch aus dem philosophischen Gesamtlabyrinth ein Weg gewiesen worden. Und heute, nachdem er ein ganzes Leben lang durch die Labyrinthe aller Philosophen hindurchgeirrt sei und nachdem er sein Gehirn, seine Präzisionswaffe, unwiderruflich in ein Duplikat des unter dem Titel eines *Historischen Wörterbuchs der Philosophie* hier im großen Lesesaal vorliegenden philosophischen Gesamtlabyrinths verwandelt habe, hätte er die Suche nach einer Mitte und die Suche nach einem Ausgang aufgegeben.

Er säße hier, als ob er im großen Lesesaal säße, in Wahrheit aber säße er gar nicht im großen Lesesaal der New Yorker Hauptbibliothek, sondern im großen Dinosauriersaal des New Yorker Bibliotheksmuseums, und er würde auch gar nicht im *Historischen Wörterbuch der Philosophie* lesen, sondern nur so tun, als ob er darin läse; in Wahrheit aber würde er im philosophischen Gesamtlabyrinth herumirren, ebenso wie er in Wahrheit gar nicht dächte, sondern nur so tue, als ob er dächte, ganz so, wie er säße, als ob er in einem großen Lesesaal säße, und läse, als ob er in einem *Historischen Wörterbuch der Philosophie* läse. Das Labyrinth aber, das Wörterbuchlabyrinth wie auch das Bermansche Gehirnlabyrinth, so Berman, ließe sich nur durch Zerstörung überwinden, und bei diesen Worten, hätte Berman plötzlich den G-H-Band des *Historischen Wörterbuch der Philosophie* mit einem Handstockstreich vom Tisch gewischt. Und mit dem Handstock, wie mit einer Waffe hantierend, hätte Berman dann den A- C-Band und den I-K-Band vom Tisch gestoßen. Er, Berman, werde das Philosophenlabyrinth zerstören, hätte Berman dann in den großen Lesesaal gerufen, und dabei hätte er den Mo-O-Band des *Historischen Wörterbuch der Philosophie* mehrmals gegen seinen Kopf geschlagen, wonach er geschrien hätte, daß er das *Historische Wörterbuch der Philosophie* auffressen werde und daß er, Berman, sein Gehirn, das Bermansche Gehirnwunder, den Lesesaalwärtern zum Zerschlagen zu Füßen legen werde, schreibt Calder.

Bei diesen Worten hätte er, Calder, schon bemerkt, wie ein Lesesaalwärter durch das Geschehen beunruhigt den Mittelgang hinauf gekommen sei. In diesem Augenblick hätte Berman sich in einem Akt, der im nachhinein nur als ein letztes Aufbäumen zu charakterisieren sei, von seinem Sitzplatz erhoben, den Mo-O-Band mit beiden Händen ergriffen und mit weit ausgestreckten Armen vor sein Gesicht gehalten. Langsam habe sich sein Mund geöffnet, und ein Knurren, wie das eines angriffslustigen Hundes, sei hervorgedrungen. Der Lesesaalwärter, der nur noch wenige Tischreihen entfernt gewesen sei, hätte seine Schritte daraufhin unwillkürlich verlangsamt. Und auch er selbst, schreibt Calder, hätte dem folgenden Geschehen nur ungläubig und fassungslos zusehen können: Berman hätte den Einband des Mo-O Bandes mit bloßen Zähnen und sozusagen mit einem einzigen Biß, vom Buchleib abgetrennt, um unmittelbar nach dieser Zerstörungstat zusammenzubrechen und zwischen den verstreut am Boden des Lesesaales herumliegenden Bänden des *Historischen Wörterbuch der Philosophie* liegenzubleiben.

Gleich darauf holte ein Pfiff aus der Trillerpfeife des Lesesaalwärters Verstärkung herbei. Drei Wärter hoben den leblosen Körper des Philosophendarstellers vom Boden auf und transportierten ihn durch den Mittelgang des Lesesaales ab. Er selbst, Calder, sei als mutmaßlicher Mittäter und Mitzerstörer des *Historischen Wörterbuch der Philosophie* an Ort und Stelle abgeführt worden.

Aber im Gegensatz zu Berman, dem im Bibliotheksdirektorenzimmer ein lebenslanges Bibliotheksverbot ausgesprochen worden sei, habe er, der Reisebuchautor, dort, während der Philosophendarsteller schon durch einen im Seitenflügel befindlichen Lastenaufzug aus dem Gebäude entfernt wurde, den Direktor von seiner eigenen

Unschuld überzeugen können, worauf ihm dieser eines der im Bibliotheksshop erhältlichen Bibliothekspostkartenheftchen ausgehändigt hätte. Gratis und mit den besten Empfehlungen der Bibliothek, schreibt Calder.